Henkrall
Bewaldeter
Krater
Grosser Markt
des Nordens
Insel der
Geysire

Adam Blade

Tarrok, Sandsturm der Verwüstung

Alle *Beast Quest*-Abenteuer:

Band 1: Ferno, Herr des Feuers
Band 2: Sepron, König der Meere
Band 3: Arcta, Bezwinger der Berge
Band 4: Tagus, Prinz der Steppe
Band 5: Nanook, Herrscherin der Eiswüste
Band 6: Eposs, Gebieterin der Lüfte
Band 7: Zefa, Gigant des Ozeans
Band 8: Clark, Riese des Dschungels
Band 9: Soltra, Beschwörerin der Steine
Band 10: Vipero, Fürst der Schlangen
Band 11: Arachnid, Meister der Spinnen
Band 12: Trillion, Tyrann der Wildnis
Band 13: Torgor, Ungeheuer der Sümpfe
Band 14: Skoro, Dämon der Wolken
Band 15: Narga, Monster der Meere
Band 16: Kaymon, Höllenhund des Grauens
Band 17: Tusko, Herrscher der Wälder
Band 18: Sting, Wächter der Festung
Band 19: Necro, Tentakel des Grauens
Band 20: Ecor, Hufe der Zerstörung
Band 21: Tarax, Klauen der Finsternis
Band 22: Vargos, Biss der Verdammnis
Band 23: Drako, Atem des Zorns
Band 24: Pantrax, Pranken der Hölle
Band 25: Rapu, der Giftkämpfer
Band 26: Voltor, der Himmelsrächer
Band 27: Rokk, die Felsenfaust
Band 28: Kryos, der Eiskrieger
Band 29: Paragor, der Teufelswurm
Band 30: Toxodera, die Raubschrecke
Band 31: Komodo, Echse des Schreckens
Band 32: Zestor, Krallen des Verderbens
Band 33: Pharox, Albtraum der Dunkelheit
Band 34: Modrik, Grauen der Moore
Band 35: Arbos, Fluch des Waldes
Band 36: Vespix, Stacheln der Angst
Band 37: Convol, der Wüstendämon
Band 38: Hellion, die Feuerbestie
Band 39: Raptox, der Teufelsbasilisk
Band 40: Madara, die Höllenkatze
Band 41: Nergato, der Nebelteufel
Band 42: Rachak, die Frostklaue
Band 43: Serpentix, Reißzahn des Meeres
Band 44: Striatos, Plage der Prärie
Band 45: Tritonas, Nebel des Horrors
Band 46: Jazurka, Scheusal des Gebirges
Band 47: Kronus, Bedrohung der Lüfte
Band 48: Aperox, Panzer der Zerstörung
Band 49: Ursus, Pranken des Schreckens
Band 50: Minos, Hörner der Vernichtung
Band 51: Karaka, Schwingen der Verdammnis
Band 52: Silver, Fangzähne der Hölle
Band 53: Ketos, Monster der Tiefe
Band 54: Torpix, Biss des Verderbens
Band 55: Noctila, die Nachtkriegerin
Band 56: Shamani, der Flammenkämpfer
Band 57: Lustor, der Schlund des Verderbens
Band 58: Voltrex, das zweiköpfige Meeresmonster
Band 59: Tecton, der gepanzerte Gigant
Band 60: Calva, das Knochenbiest
Band 61: Elko, Tentakel des Untergangs
Band 62: Tarrok, Sandsturm der Verwüstung

Beast Quest Legend – jetzt auch in Farbe!

Band 1: Ferno, Herr des Feuers
Band 2: Sepron, König der Meere
Band 3: Arcta, Bezwinger der Berge
Band 4: Tagus, Prinz der Steppe
Band 5: Nanook, Herrscherin der Eiswüste
Band 6: Eposs, Gebieterin der Lüfte
Band 7: Zefa, Gigant des Ozeans
Band 8: Clark, Riese des Dschungels
Band 9: Soltra, Beschwörerin der Steine
Band 10: Vipero, Fürst der Schlangen

Adam Blade

Tarrok
Sandsturm der Verwüstung

Aus dem Englischen
übersetzt von Sandra Margineanu

Band 62

Mit besonderem Dank an Troon Harrison

ISBN 978-3-7432-0890-2
1. Auflage 2021
erschienen unter dem Originaltitel *Tarrok the Blood Spike*

Erschienen in der Originalserie Beast Quest™.

Aus dem Englischen übersetzt von Sandra Margineanu
Umschlaggestaltung: Ramona Karl
Umschlagfoto Flügel: freepik.com © macrovektor
Printed in the EU

www.beastquest.de
www.loewe-verlag.de

Inhalt

Als ich jung war, erfuhr ich von Avantia. Damals, als ich noch mit den anderen Kindern über die Ebenen von Henkrall flog. Sie erzählten sich, dass Avantia ein Land voller Schönheit, Tapferkeit und Ehre sei. Auch die Biester dort waren ehrenhaft und gut.

Es machte mich ganz krank im Kopf.

Jetzt kann ich nicht mehr fliegen. Meine grausame Herrin, Kensa, war eifersüchtig auf meine Flügel und nahm sie mir. Doch bemitleidet mich nicht, ihr Menschen aus Avantia. Im Gegenteil, ihr solltet Angst haben. Eure Zeit ist gekommen. Kensa hat Pläne für euer grünes, blühendes Land. Eure guten Biester werden euch nicht vor ihren Getreuen schützen, sie werden machtlos gegen sie sein!

Es braucht mehr als bloßen Mut, um euch vor den Biestern von Henkrall zu retten!

Euer erklärter Feind,
Igor

Vermisst

Cywen stand ganz nah am Rand des Felsvorsprungs. Tief unter ihm dehnten sich die Dünen der Wüste aus, die in der Morgendämmerung rötlich leuchteten. Eine Brise strich durch Cywens Flügel, als er sie weit ausbreitete. Er sah sich um, ob auch niemand bemerkt hatte, dass er wegwollte. Still standen die Steinhäuser von Velora auf der Felsebene, aber schon bald würden die Küchenfeuer angezündet werden. „Ich muss jetzt los“, dachte er.

Er verschränkte die Arme vor der Brust,

drückte seinen Jagdspeer fest an den Körper und sprang vom Felsrand. Kurz stürzte er in die Tiefe, dann erfasste ihn eine Luftströmung. Seine Flügel hoben ihn hoch in die ersten Sonnenstrahlen. Sorgenfalten zerfurchten Cywens Stirn. Es war schon der dritte Morgen, seit Efflyn zur Jagd aufgebrochen und nicht zurückgekehrt war. Entschlossen flog er Richtung Wüste, um nach seiner vermissten Schwester zu suchen.

Vielleicht hatte sie sich verirrt. Cywen wusste, dass das leicht passieren konnte. Der Sand war in ständiger Bewegung, wie Wellen wurde er vom Wind hin und her geschoben. Neue Dünen bildeten sich und alte verschwanden, deshalb war es auch so schwierig, eine Karte von der Wüste zu erstellen.

Am Tag bevor Efflyn verschwand, hatte

sie etwas Merkwürdiges gesagt, erinnerte er sich. Etwas über den Sand und wie er sich bewegte. Sie hatte erzählt, dass sich der Sand verschoben hatte, obwohl kein Wind wehte.

Ein Schauder fuhr durch Cywens Federn. Was hatte Efflyn gesehen?

Sie war nicht die Einzige, die vermisst wurde. Gestern waren zwei weitere Jäger nicht nach Velora zurückgekommen.

Cywen flog, bis die Felsebene hinter ihm nur noch ein ferner Streifen am Horizont war. Die Sonne ging auf und stand wie eine rote Scheibe am Himmel. Große grüne Kakteen warfen lange Schatten in den Sand. Cywen glitt über sie hinweg. Nichts rührte sich, nur ab und zu huschte eine Eidechse durch den Sand.

„Es gibt hier nichts Großes, das uns gefährlich werden könnte", dachte Cywen.

Langsam wurde er müde. Er ließ sich vom Wind im Kreis treiben, um seine Flügel auszuruhen. Mit den Augen suchte er die Wüste ab, aber er entdeckte keine Spur von Efflyn – keinen Fußabdruck, keinen zerbrochenen Speer, keine verlorene Wasserflasche.

Er flog tiefer und rief ihren Namen. Die einzige Antwort war der Schrei eines Vogels. Cywen wurde heiß, als er sich dem Sand näherte.

„Es ist hoffnungslos“, dachte er. „Ihr Wasser muss längst aufgebraucht sein und in dieser Hitze kann niemand lange überleben …“

Er wischte sich den Schweiß von der Augenbraue, da sah er etwas. Eine Wolke! Er kniff die Augen zusammen und beobachtete die Wolke. Vor Angst fing seine Haut an zu kribbeln.

„Nein“, murmelte er. „Das ist keine gewöhnliche Wolke. Das ist ein Sandsturm!“

Mit aller Kraft schlug Cywen mit den Flügeln. Obwohl er schnell zum Himmel hochstieg, war der Sturm noch viel schneller. Sandkörner trafen Cywen; sie schmerzten wie die Schläge von tausend Peitschen. Ein dunkles Tosen breitete sich um ihn herum aus. Federn wurden ihm aus den Flügeln gerissen. Sand drang in seine Ohren und Augen. Da traf ihn ein heftiger Schmerz am Rücken und er wurde herum-

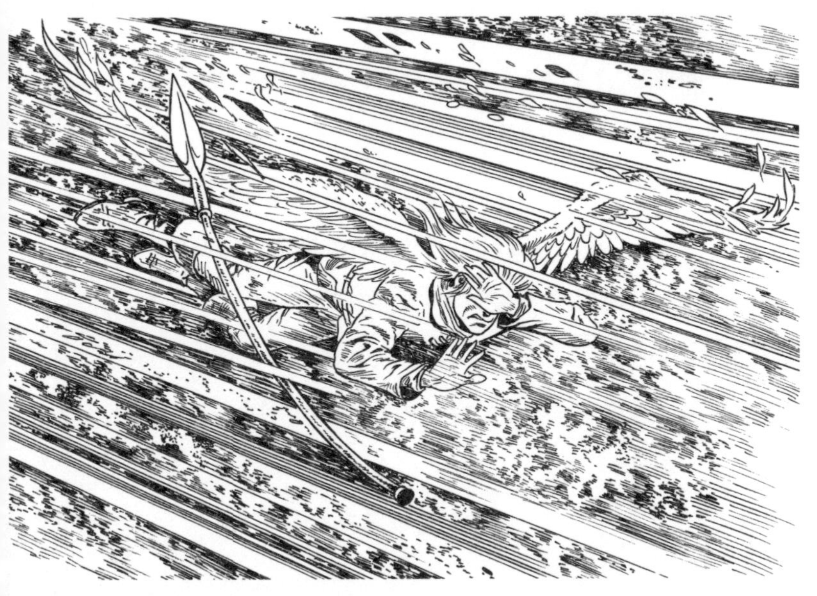

gewirbelt. Er konnte seinen Speer nicht mehr festhalten, der Wind riss ihn aus seinen Händen.

„Vielleicht ist das auch Efflyn und den anderen passiert“, dachte Cywen. „Und jetzt liegen sie im Sand begraben.“

Cywens Magen überschlug sich. Es war unmöglich zu erkennen, wo oben und wo unten war. Er blinzelte durch seine Finger und erspähte ein Stückchen blauen Himmel. Verzweifelt schlug Cywen mit den Flügeln und versuchte, aus dem Sturm hinaus in die frische Luft zu fliegen.

Plötzlich zog etwas an seinem Bein. Cywen sah nach unten. Da war dunkler Sand und etwas Grünes und Stacheliges – ein Kaktus? War er so nah am Boden?

Der Kaktus schien sich zu bewegen wie die Finger einer Hand. Cywen riss entsetzt die Augen auf. Eine riesige Pranke, mit

Warzen und Stacheln bedeckt, schlang sich um sein Bein.

Er wurde nach unten gezogen – und plötzlich sah er zwei rot glühende Augen. Ein riesiges Maul öffnete sich im Kopf des Kaktus. Gelbe Speichelfäden spannten sich zwischen den grünen stacheligen Lippen.

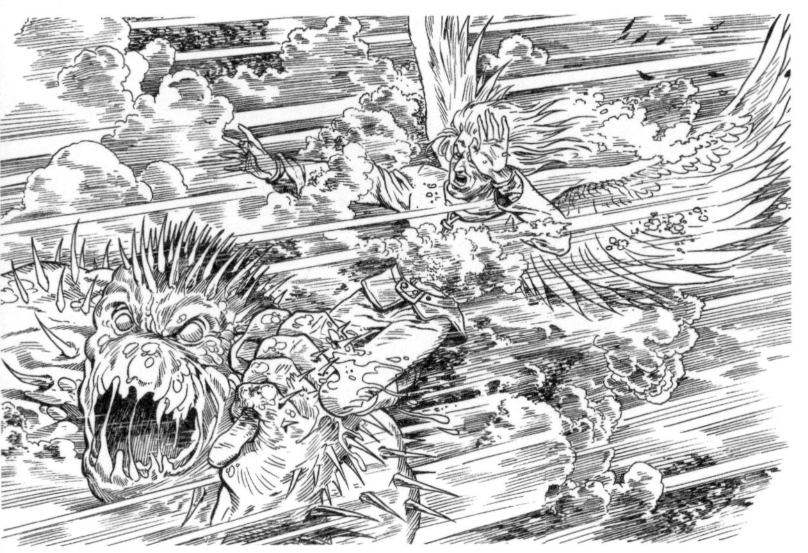

„Ein Biest!", dachte Cywen halb ohnmächtig vor Angst. Im Dorf erzählten sich die Leute Geschichten über Biester in fernen Königreichen. Trotz des Feuers hatte Cywen geschaudert, während er an langen Winterabenden den Geschichtenerzählern lauschte. Und deshalb wusste er auch, dass es für ihn kein Entkommen gab.

„Das Biest hat meine Schwester getötet. Und jetzt wird es auch mich umbringen“, schoss ihm durch den Kopf.

Die schreckliche Hand zerrte ihn noch weiter nach unten. Cywen versuchte, sich zu befreien. Doch die Stacheln bohrten sich nur noch tiefer in sein Bein. Blut lief über seinen Knöchel.

„Ist Henkrall, mein geliebtes Heimatland, auch dem Untergang geweiht?“

Wütende Augen

Tom stand neben Tempest am Rand der Küste und strich über das ungewöhnliche violette Fell des Pferdes, während es friedlich graste.

„Vermisst du Storm?“, fragte Elenna, die ausgestreckt im Gras lag.

„Ja, aber ich bin auch froh, dass er und Silver in Avantia in Sicherheit sind“, erwiderte Tom.

Für Silver und Storm wäre es zu gefährlich gewesen, auf dem Pfad des Lichts nach Henkrall zu kommen. Tom war dankbar, dass ihre beiden neuen tierischen Begleiter ihre Treue bewiesen hatten.

Tempest hob den Kopf aus dem Gras. Er klappte seine Flügel auf und flog zu einem saftig grünen Fleck ein Stück die Klippe hinauf.

„Ein fliegendes Pferd", murmelte Elenna vor sich hin. „In Henkrall ist wirklich alles ganz anders."

„Alles außer den Biestern", entgegnete Tom. Er blickte über die rauschenden Wellen des Ozeans und schauderte unwillkürlich bei der Erinnerung daran, wie tief er in das Meer hinabgetaucht war. Dort unten hatte er gegen das Biest Elko gekämpft. Kensa, die Hexe, hatte es aus Ton erschaffen und ihm mit dem gestohlenen Blut der Biester aus Avantia Leben eingehaucht.

„Das Meer ist keine Gefahr mehr", beruhigte Elenna ihren Freund. Ihr zotteliger Wolf, Spark, kratzte sich unter einem Flügel und gähnte. Elenna lachte. „Sogar Spark findet das."

„Er ist daran gewöhnt, in einem friedlichen Königreich zu leben", widersprach Tom. „Aber in Henkrall wird es nicht friedlich bleiben. Kendra hat fürchterliche Biester erschaffen. Du weißt, welchen Schrecken sie verbreiten können."

Elennas Lächeln verschwand. Kensa hatte ihre bösen Pläne bereits geschmiedet, während Toms Vater, Taladon, noch zu Grabe getragen wurde.

Tom betrachtete den Himmel über dem Meer und den Klippen. Aber er sah nichts Beängstigendes, nur einen Schwarm Schwalben.

„Wonach hältst du Ausschau?", fragte Elenna.

„Nach Kensas buckligem Gehilfen. Auf seinem fliegenden Schwein könnte er uns aus der Luft leicht erspähen."

„Dann sollten wir lieber weiter", meinte Elenna. „Hier an der Küste sind wir ein leichtes Ziel."

Sie rief Spark zu sich und stieg von einem Felsbrocken auf seinen Rücken. Tief grub sie ihre Hände in das zottelige Fell und hielt sich an zwei Haarbüscheln fest. Tom schob seinen Schild auf den Rücken. Bildete er sich das nur ein oder war der Schild ohne die magischen Gegenstände der guten Biester von Avantia leichter? Alle magischen Gegenstände waren auf dem Pfad des Lichts auf unerklärliche Weise verschwunden.

„Wenigstens ist ein magischer Gegenstand zurückgekehrt, nachdem ich Elko besiegt hatte", dachte er. Zufrieden betrachtete Tom Seprons Zahn, der an seiner üblichen Stelle ruhte. „Fünf weitere Gegenstände muss ich zurückerobern. Gegen fünf weitere Biester muss ich kämpfen. Und diesmal gibt es keine Hilfe von Aduro oder meinem Vater."

„Wohin sollen wir fliegen?", unterbrach Elenna Toms Gedanken.

Tom warf noch einmal einen Blick auf seinen Schild. Auf der hölzernen Oberfläche leuchtete eine magische Karte von

Henkrall golden auf. Mit dem Finger folgte er einem Weg über die Berge. Dahinter lag eine Sandwüste, dort stand der Name Tarrok geschrieben.

„Das nächste Biest wartet in der Wüste auf uns“, sagte Tom.

„Wir haben früher schon einmal in Sand und Hitze gegen Biester gekämpft“, meinte Elenna. „Hoffentlich hilft uns die Erfahrung!“

Tom pfiff und Tempest flog zu ihm herab. Das Glitzern der Wellen brachte seine violetten Federn und die schwarze Mähne zum Glänzen. Tom strich ihm über die Nüstern, bevor er sich auf den Pferderücken schwang und Tempest zum Fliegen aufforderte. Neben ihm breitete Elennas Wolf ebenfalls die Flügel aus, sprintete los und hob dann wie das Pferd vom Boden ab. Tom jauchzte, als sie über die Felsen der Steilküste hinwegsausten.

„So muss es sich anfühlen, auf Ferno zu fliegen!“, rief er.

„Das hier ist sogar noch besser!“, schrie Elenna zurück. „Denn diesmal musst du keine Angst vor Malvels Schwert haben.“

„Aber ich muss gegen eine böse, unbekannte Hexe antreten“, dachte Tom. „Bei Malvel wusste ich wenigstens, was mich erwartet.“

Spark heulte vor Freude, als sie über die Bergspitzen glitten. Zwischen den Gipfeln lagen dunkle Wälder, grüne Täler und große Weiden. Als sie einmal über eine Schafsherde hinwegflogen, preschten die Schafe erschrocken auseinander und entfalteten ihre wolligen Flügel. Auf einer anderen Weide übten Kälber das Fliegen, sprangen immer wieder von einem Felsen. Die Mutterkühe muhten den etwas schüchternen Jungen aufmunternd zu, die anscheinend Angst vor dem ersten Flugversuch hatten.

„Sieh mal!“, rief Tom. Er zeigte auf eine hohe Bergkette am Horizont. „Dahinter liegt die Wüste.“

„Bei dieser Geschwindigkeit sind wir bald da“, antwortete Elenna. Ihre Augen glänzten, so viel Spaß machte ihr das Fliegen.

Die Berge kamen schnell näher, die Hänge waren mit einzelnen Bäumen gesprenkelt. Plötzlich schob sich ein dunkler Schatten über die Bergwände. Tom sah überrascht nach oben.

„Eine Sturmwolke?“, rief er Elenna zu. Die Wolke drehte sich wirbelnd um sich selbst. Mit ungutem Gefühl erinnerte Tom sich an den Sturm mit Blitz und Donner, mit dem Elenna und er nach Henkrall gereist waren. Er hoffte, dass dieser Sturm sie nicht mit seiner geballten Kraft treffen würde.

Elenna zeigte nach oben und Tom drückte die Beine an Tempests Flanken. Das Pferd und der Wolf flogen höher, um über die Wolke zu gelangen.

Kalte Luft strich durch Toms Hemd. Er zitterte und fragte sich, wie weit die Tiere eigentlich hinauffliegen konnten. Ging das Fliegen in der dünnen Luft überhaupt noch?

Aber wie hoch sie auch flogen, die Wolke schien ebenfalls nach oben zu steigen.

Kraftvoll bewegte Tempest seine Flügel auf und ab. Da sah Tom plötzlich eine Bewegung in der Wolke und erschrak. „Das ist gar keine Wolke“, durchfuhr es ihn. „Das sind Vögel!“ Dicht zusammengedrängt flogen die schwarzen Vogelkörper dahin. Hunderte Flügelpaare flatterten auf und ab. Sie bewegten sich rasend schnell und machten dabei ein merkwürdiges schleifendes Geräusch. Außerdem klapperten sie wütend mit ihren scharfen, glänzenden Schnäbeln. Es klang, als würden Holzstücke aneinandergeschlagen werden.

Ein Vogel löste sich aus dem Schwarm und schoss direkt auf Tom zu. Tom lenkte Tempest nach links und der Hengst wich zur Seite aus. Tief duckte Tom sich über den Pferdenacken. Haarscharf zischte der Vogel über seine Schulter hinweg, beinahe hätte er ihn getroffen. Zwei weitere Vögel schossen aus dem Schwarm auf Tom zu.

Einem wich er durch eine ruckartige Bewegung des geflügelten Hengsts aus. Dann hob Tom seinen Schild schützend hoch. Mit einem lauten metallischen Geräusch prallte der zweite Vogel dagegen.

Aus dem Augenwinkel sah Tom, wie der Vogel zu Boden trudelte. Ein Flügel hatte sich gelöst und segelte nun einsam durch die Luft.

„Das sind keine echten Vögel", dachte Tom geschockt. Er kniff die Augen zusammen und betrachtete den Schwarm, der um Elenna und ihn herumschwirrte. Jeder Vogel war eine kleine Maschine, gestaltet aus Holz und Metall und schwarz angemalt. Doch durch welchen bösen Zauber hatten sie die Fähigkeit zu fliegen erlangt?

Bevor er Elenna fragen konnte, änderte der ganze Schwarm seine Flugrichtung. Die seltsamen Vögel kamen direkt auf sie zu!

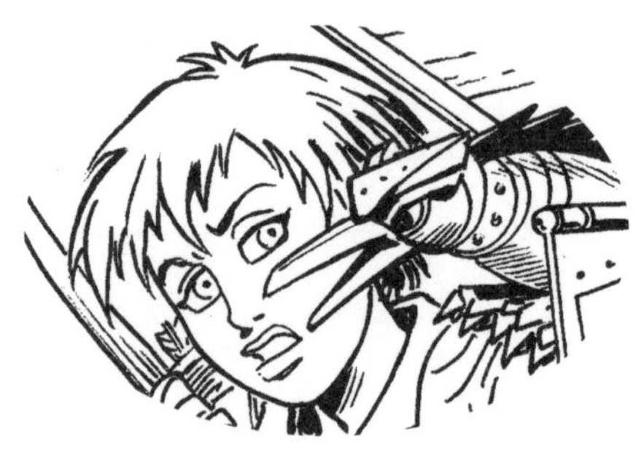

Luftkampf

Tom schrie auf. Die Vögel drängten sich dicht um ihn. Spitze Schnäbel pickten in seine Schultern und in seinen Rücken, zerfetzten sein Hemd und zerkratzten seine Haut. Krallen bohrten sich in seine Haare. Flügel schlugen ihm ins Gesicht, sodass er nichts mehr sehen konnte. Das Kreischen der Vögel vermischte sich mit Elennas Schreien, Sparks Jaulen und Tempests schrillem Wiehern. Das Pferd buckelte und trat aus. Tom klammerte sich fest, so gut es ging. Was, wenn er abgeworfen und auf den Felsen unter ihnen zerschmettert wurde? „Das darf nicht passieren! Ich muss diese Mission erfüllen!“, dachte er verzweifelt.

„Hau ab!“, kreischte Elenna, als ein besonders großer Vogel seine Krallen in ihre Schulter bohrte. Spark warf den Kopf herum und schnappte nach dem Vogel.

„Wir müssen tiefer fliegen und versuchen zu entkommen!“, rief Tom.

Er drückte die Beine fester an und sofort begab sich Tempest in den Sturzflug. Er wich den Vögeln aus und tauchte nach unten. Tom klammerte sich mit den Händen in der Mähne fest. Vögel schlugen gegen seinen Kopf und seine Schultern. Blut lief ihm über die Arme. Und ein Schnabel kratzte über seine Wange.

„Kensa hat die Vögel geschickt", begriff Tom. „Sie sind verzauberte Maschinen."

Tempest wieherte vor Schmerz auf. Da endlich taumelten sie aus dem Schwarm heraus. Einzelne Federn segelten vom Himmel. Tom sah zurück, um sich zu vergewissern, dass Elenna ihm folgte. Ihr Gesicht war zerkratzt und blutig. Und an Sparks Schulter fehlten ein paar Haarbüschel.

„Halte dich gut fest!", rief Tom, doch in diesem Augenblick machte Tempest eine plötzliche Bewegung zur Seite. Tom wurde in die Luft geschleudert, schnell krallte er sich in der Mähne fest. Mit einem heftigen Rumms landete er wieder auf dem Pferderücken. Dabei wurde ihm die Luft aus der Lunge gepresst. Tempest flog immer noch ruckelnd und ungleichmäßig. Jetzt erst bemerkte Tom, dass ein Flügel verletzt war und blutete.

„Die Vögel haben Tempest verwundet!", schrie Tom. „Wir müssen irgendwo landen."

Er blickte nach unten, wo Wälder und Wiesen sein mussten. Doch stattdessen flogen sie über eine große Felsterrasse, die sich glatt zwischen die Berge schmiegte. An den Rändern fiel der Fels jedoch sehr steil ab. Auf der Felsebene reihten sich dunkle Haufen aneinander, die wie riesige Nester aussahen. Mit zusammengekniffenen Augen betrachtete Tom sie. Ein Dorf, erkannte er. Die grauen Steinhäuser drängten sich am Rand des Felsens dicht zusammen, manche waren sogar in den Felsen gehauen worden. Andere thronten auf Felsspitzen. Die Dächer waren mit dunklem Reisig gedeckt.

„Vielleicht können wir auf dem Platz da landen!“, rief Elenna. Sie zeigte auf die Dorfmitte zwischen den Häusern.

„Versuchen wir es“, erwiderte Tom. Er machte sich große Sorgen um Tempest. Vor Schmerz ließ das Pferd den Kopf hängen und seine Flügelschläge wurden immer schwächer. Er würde sich nicht mehr lange in der Luft halten können.

„Komm schon, du schaffst es noch ein Stück“, ermunterte Tom ihn. Torkelnd flogen sie weiter.

Der Berg kam näher. Die Hänge waren terrassenartig angelegt. Schmale Felder, von Steinmauern eingefasst, reihten sich dort wie Streifen aneinander. Auf vielen Feldern war Getreide angebaut. Toms Füße streiften bereits die Spitzen von Obstbäumen, so viel Mühe hatte Tempest, sich in der Luft zu halten. „Wir werden es nicht schaffen!“, dachte Tom.

„Spring hinter mich“, schlug Elenna vor und flog dicht neben ihn. Tom sah zu Elennas ausgestrecktem Arm hinüber.

„Ich kann Tempest nicht im Stich lassen“, sagte er. „Außerdem glaube ich nicht, dass Spark uns beide tragen kann. Ich versuche, auf dem Feld zu landen.“

Er lenkte Tempest zu einem Feld, auf dem hohes Gras wogte. Der Hengst schwankte und taumelte. Klackernd stießen seine Hufe gegen eine Steinmauer. Er wieherte erschrocken auf und Tom wurde nach vorn gegen Tempests Hals geworfen.

Dann rauschten die Halme heran wie eine Welle. Kopfüber stürzte Tom hinein und überschlug sich mehrmals. Ein heftiger Schlag traf ihn am Kopf.

Alles wurde dunkel.

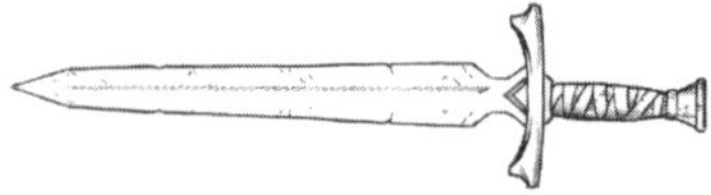

„Wa…was ist passiert?“, Tom rappelte sich mühsam auf. Sein Mund war trocken und in seinem Kopf hämmerte es schmerzhaft.

Er versuchte, seinen Blick scharf zu stellen. Alles, was er sah, waren aufeinandergestapelte graue Steine. Tom stöhnte, als seine Schulter zu pochen anfing. „Tempest? Elenna? Wo bin ich?“, dachte er.

Tom bewegte die Hand und fühlte eine raue Decke unter seinen Fingern. „Hallo?“, sagte er.

Plötzlich war Elenna an seiner Seite. Sie war blass. Sanft drückte sie seine Hand. „Tom“, sagte sie leise. „Ich habe mir solche Sorgen um dich gemacht. Bitte bleib still liegen. Du hast dir den Kopf gestoßen.“

„Die Mission …“, stöhnte Tom, grub seine Finger in die Decke und versuchte, seine Beine zu bewegen. Er hatte keine Zeit, hier herumzuliegen. Kensa trieb mit ihrer bösen Magie ihr Unwesen in Henkrall. Wer weiß, welches Unheil die Biester gerade verrichteten. Und wenn sie einen Weg fanden, Portale nach Avantia zu öffnen …

„Bleib still liegen“, wiederholte Elenna. „Erst muss es dir wieder besser gehen, bevor du dich um irgendwelche Biester kümmern kannst.“

Tom drehte seinen schmerzenden Kopf. Die aufgestapelten Steine waren die Wände eines Zimmers, wie er jetzt erkannte. Drei von ihnen waren fensterlos, aber in der vierten Wand gab es eine große Öffnung, durch die der blaue Himmel zu sehen war.

„Wo sind wir?“, fragte Tom.

Elenna presste kurz die Lippen zusammen. „Wir sind nach deinem Unfall hierhergebracht worden. Mir geht es gut. Die Dorfleute haben dir den Kopf verbunden, Tom. Sie scheinen nicht unfreundlich zu sein. Sie haben auch die Tiere mitgenommen und meinten, sie würden sich um sie kümmern.“

„Was ist dann das Problem?“, fragte Tom. „Lass uns gehen.“

Er wollte aufstehen, doch etwas schnitt ihm in die Handgelenke. Er fragte sich überrascht, ob auch seine Arme verwundet waren. Dann sah er die dicken Seile, die um seine Handgelenke und das Bettgestell gebunden waren. Er blickte zu seiner Freundin hoch. In ihren Augen las er große Sorge.

„Tom, wir sind Gefangene“, sagte Elenna.

Gefängnis ohne Türschloss

„Gefangene?“ Erneut zuckte Schmerz durch Toms Kopf. „Wo ist mein Schwert? Kannst du mich damit nicht befreien?“

„Die Leute haben dein Schwert und den Schild an sich genommen“, erklärte Elenna. „Und meine Pfeile auch.“ Sie deutete auf ihren leeren Pfeilköcher in der Zimmerecke.

Tom sah sich im Raum um, bis auf das Bett war er leer.

„Haben sie deinen Köcher gründlich durchsucht?“, fragte er. „Du hast doch immer eine Ersatz-Pfeilspitze dabei.“

„Du hast recht!“ Elenna hob den Köcher auf und wühlte darin herum. Einen Moment später zog sie die Pfeilspitze heraus und säbelte mit den scharfkantigen Seiten an Toms Fessel. Langsam glitt die Pfeilspitze durch das dicke Seil. Als die Seile durchgeschnitten waren, rieb Elenna sorgsam Toms Handgelenke, damit das gestaute Blut wieder zum Fließen kam.

„Vielen Dank“, sagte Tom und kam taumelnd auf die Beine. Sein Magen zog sich zusammen, doch nach einer Weile legte sich der Schwindel und er holte tief Luft.

„Wer hat uns gefangen genommen?“, fragte er.

Elenna zuckte mit den Schultern. „Ich weiß es nicht“, antwortete sie. „Fliegende Bewohner von Henkrall. Es waren zu viele für mich, um gegen sie zu kämpfen. Es tut mir leid, Tom. Ich hätte dich beschützen müssen, als du verletzt warst.“

„Nein, ich bin derjenige, der uns in Schwierigkeiten gebracht hat. Wenn ich Tempest nur etwas länger in der Luft hätte halten können, dann wären wir sicher gelandet.“

Tom starrte zu der Öffnung, durch die die Sonne hereinschien. Etwas schwankend, aber entschlossen ging Tom darauf zu.

„Nein, Tom, nicht!“, rief Elenna.

„Ich hole mir mein Schwert und meinen Schild und dann suche ich Kensas Biest“, sagte Tom, ohne sich umzudrehen. „Die Mission muss weitergehen.“

Er trat auf die Türschwelle zu und ruderte sofort heftig mit den Armen. Vor der Öffnung war keine Dorfstraße – sondern der Rand einer Klippe. Draußen war nichts als Luft. Hunderte Meter weiter unten, am Fuße des Steilfelsens, lag Sand.

Tom hörte Elennas schnelle Schritte. Sie packte ihn an den Schultern und zog ihn zurück in den Raum.

„Wir sind ganz in der Nähe der großen Felsterrasse, die wir aus der Luft gesehen haben“, erklärte sie. „Dieses Haus steht auf der Spitze eines Felsens. Um uns herum geht es überall steil bergab. Für jemanden, der fliegen kann, ist das kein Problem. Aber für uns ist es ein unentrinnbares Gefängnis, auch wenn wir nicht gefesselt sind."

„Wir müssen, so schnell es geht, von hier fliehen", sagte Tom. „Die Menschen in Henkrall wissen nicht, dass ihr friedliches Königreich in großer Gefahr schwebt. Ich werde nicht zulassen, dass die bösen Biester das Land zerstören."

„Ich habe versucht, es ihnen zu erklären", erzählte Elenna und steckte die Pfeilspitze zurück in ihren Köcher.

Plötzlich rauschte es draußen in der Luft. Tom und Elenna wirbelten herum. Eine alte Frau betrat den Raum und verdeckte kurz das Sonnenlicht, bevor sie ihre Flügel zusammenfaltete. Ein jüngerer, stämmiger Mann mit verschlossenem Gesicht folgte ihr dichtauf.

„Ihr seid in Velora", sagte die alte Frau und strich eine ihrer Federn glatt.

„Und ihr seid des Mordes angeklagt“, ergänzte der junge Mann.

„Was soll das bedeuten?“, fragte Tom.

„Ich bin die Dorfälteste. Mein Name ist Pendor“, erklärte die Frau. „Mein Begleiter heißt Harth. Vier unserer Leute werden seit ein paar Tagen vermisst. Sie waren auf der Jagd in der Wüste. Zuerst verschwand ein Mädchen namens Efflyn, dann zwei

Jungen – meine eigenen Neffen. Schließlich ist auch Efflyns Bruder, Cywen, verschwunden."

„Wir haben nichts damit zu tun", sagte Tom. Fest blickte er in Harths kalte Augen.

Harth schnaubte. „Nichts damit zu tun? Es kann kein Zufall sein, dass Fremde hier auftauchen und gleichzeitig unsere Leute vermisst werden."

Tom sah zu Elenna. „Das ist das Biest", sagte er. „Es lauert in der Wüste ganz in der –"

„Wir haben einen Zeugen", unterbrach Harth ihn. „Ein Reisender hat uns berichtet, dass ihr ihn angegriffen habt."

Misstrauisch kniff Elenna die Augen zusammen. „Welcher Reisende? Wovon sprichst du?"

„Ein armer, einäugiger Buckliger, der sich Igor nennt", antwortete Harth.

„Igor hat uns angegriffen“, protestierte Tom. „Er ist ein Lügner. Er arbeitet für unsere Gegnerin, die eine Gefahr für ganz Henkrall ist – die Hexe Kensa.“

Als Tom diesen Namen sagte, wurde die alte Frau blass. Ihre Flügel zuckten nervös. „Kensa?“, murmelte sie zweifelnd. „Ich dachte, die Hexe hätte unser Land vor langer Zeit verlassen.“

„Nein“, widersprach Tom. „Sie plant, die Herrschaft über Henkrall an sich zu reißen.“ Schnell erzählte er ihnen von den Tonfiguren, die durch das Blut der guten Biester von Avantia zum Leben erweckt worden waren.

Die alte Frau hörte aufmerksam zu, aber Harth verschränkte die Arme vor der Brust. Tom beachtete den verächtlichen Gesichtsausdruck des Manns nicht und richtete seine ganze Aufmerksamkeit auf Pendor.

„Als Dorfälteste ist sie gewiss weiser als er", dachte er.

„Pendor, ich bitte dich, lass uns gehen", drängte Tom. „Du kannst dir bestimmt vorstellen, welch schreckliches Unheil die Biester über Henkrall bringen werden. Ich habe das schon einmal mit eigenen Augen gesehen. Wir müssen unsere Mission fortsetzen."

„Dafür ist es zu spät", sagte Pendor.

„Sie hat recht", fügte Harth hinzu. „Der Ältestenrat hat euer Todesurteil bereits beschlossen."

Das Urteil des Rats

Tom hielt Harths eisernem Blick stand. „Ihr macht einen Fehler“, sagte er. Er versuchte, seine Stimme ruhig klingen zu lassen. So wie Aduro und König Hugo dies auch immer in den Ratssitzungen in Avantia taten. Diese beiden tapferen Männer zeigten nie ihre Angst, genauso wenig wie sein verstorbener Vater, Taladon.

„Das Böse, das über Henkrall hereinbrechen wird, ist schlimmer als alles, was ihr euch vorstellen könnt“, fuhr Tom fort. „Wir sind die Einzigen, die es aufhalten können.“

Pendor nickte schwach. Sie ließ die Schultern hängen und ihre Flügel zuckten erneut. In ihrem Blick lag Verwirrung.

Harth hingegen starrte Tom weiter an, sein Mund war grimmig verkniffen.

„Ihr seid die Einzigen, die es aufhalten können?“, wiederholte er. „Ihr haltet ziemlich viel von euch selbst.“

Elenna funkelte ihn an. „In unserem Königreich ist Tom der Herr der Biester. Du solltest nicht über etwas spotten, das du nicht verstehst.“

„Du bist ganz schön frech –“, fing Harth an, aber Pendor brachte ihn mit einem Wink zum Schweigen.

„Wir fliegen zurück zur Ratsversammlung und berichten dort, was ihr erzählt habt“, sagte sie und nickte ihnen zum Abschied kurz zu. Sie klappte ihre Flügel halb auf und sprang aus der Tür.

Harth warf ihnen über die Schulter einen letzten bösen Blick zu. „Ihr bleibt auf jeden Fall hier, bis wir zurückkommen“, befahl er. Dann sprang er ebenfalls durch die Türöffnung, breitete seine Flügel weit aus und schwang sich hoch in die Luft.

Toms Beine begannen zu zittern. Er lehnte sich an die Wand und rutschte bis zum Boden herunter. Ein zweiter Schwindel erfasste ihn, zusammengekauert legte er das Gesicht in die Hände. Der ganze Raum drehte sich um ihn. „Selbst wenn wir hier herauskommen, kann ich nicht gegen ein Biest kämpfen, solange mein Kopf nicht geheilt ist. Aber wie lange wird das wohl dauern?“, dachte er.

Elenna hockte sich neben ihn und lehnte ihre Schulter an seine. „Wenn du dich eine Weile ausruhst, wird es dir bald besser gehen“, sagte sie.

„Ja, aber Ausruhen hilft uns nicht, damit unsere Lage besser wird. Bald schon könnten wir tot sein.“

„Wie die Veloraner ihre Gefangenen wohl umbringen?“, überlegte Elenna laut.

„Denk nicht darüber nach. Wenn ich nur meinen Schild hätte, dann könnten wir wegfliegen.“ Tom schüttelte verzweifelt den Kopf. „Nein, stimmt nicht. Arctas Feder fehlt ja, wir könnten gar nicht damit fliegen.“

Elenna machte ein nachdenkliches Gesicht. „Die Fähigkeit zu fliegen scheint den Vermissten nicht geholfen zu haben. Sie müssen also Kensas neuem Biest zum Opfer gefallen sein.“

Tom erschauderte, als ihn erneut der Schwindel erfasste. „Wir müssen Tarrok aufhalten, egal was für ein Biest er auch sein mag.“

„Sieh doch!", rief Elenna plötzlich überrascht. Tom öffnete die Augen.

Vor der grauen Steinmauer schimmerte eine vertraute Gestalt.

„Aduro", flüsterte Tom. Der gute Zauberer zwinkerte und sein Bart zuckte, als er kurz lächelte. Dann wurde sein Gesicht wieder ernst.

„Bleibt tapfer", sagte er. „Ich kann euch nicht mit meiner Magie helfen, aber ihr müsst trotzdem stark bleiben. Denkt daran,

wie schrecklich es wird, wenn Kensa gewinnt. Verfolgt weiter eure Mission. Avantia vertraut euch!“ Die Stimme des Zauberers verklang und die Gestalt löste sich auf.

Tom richtete sich an der Wand auf. „Aduro hat recht“, sagte er. „Solange Blut in meinen Adern fließt, werde ich nicht aufgeben.“

„Ich auch nicht“, schwor Elenna. „Hörst du das?“

Mit einem leisen Rauschen landete Pendor auf der Türschwelle. Sie hatte Toms Schild und Schwert dabei, außerdem Elennas Bogen und Pfeile.

„Keine Zeit zu reden, wir müssen uns beeilen“, sagte sie. „Harth kommt bald mit Verstärkung, um euch fortzubringen.“

Tom sprang auf und griff nach seinen Sachen. Es war ein gutes Gefühl, wieder sein Schwert in der Hand zu halten.

Lächelnd schwang Elenna ihren Bogen über die Schulter.

„Du glaubst uns also?“, rief Tom ganz erleichtert.

Pendor erwiderte nichts, sondern beugte sich über eine Kiste, die sie mitgebracht hatte, und öffnete den Deckel.

Tom beugte sich ebenfalls vor und sah Apparaturen aus Holzteilen und Lederstücken. Pendor holte eine davon heraus.

Sie klappte etwas auseinander, das aussah wie die Flügel einer Fledermaus.

„Unsere Jüngsten lernen damit fliegen, bevor ihre eigenen Flügel groß genug sind“, erklärte Pendor.

„Wir … Wir sollen die benutzen?“, fragte Tom unsicher.

Die Falten in Pendors Gesicht wurden noch tiefer. „Ich hoffe, es klappt. Es ist die einzige Möglichkeit, euch zu befreien. Schnell, ich schnalle sie euch um die Schultern.“

Tom beugte sich vor und die alte Frau machte ihm die Flügel am Rücken fest, eng zurrte sie die Ledergurte zu. Tom nestelte an der Konstruktion herum und steckte seine Arme in die dafür vorgesehenen Schlaufen, während Pendor Elenna die Flügel anlegte. „Sie sind zu klein und schwach für uns“, dachte er.

„Bist du sicher, dass das funktioniert?“, fragte Elenna.

Pendor zuckte mit den Schultern. „Es ist eure einzige Chance. Eure Tiere sind eingeschlossen, ich kann sie nicht holen. Sie sind hier in Sicherheit, bis ihr zurückkehrt. Ich kümmere mich darum, dass sie gut versorgt werden.“

Tom und Elenna warfen sich einen zweifelnden Blick zu. Konnte ihre Mission ohne ihre fliegenden Begleiter überhaupt erfolgreich werden?

„Sei tapfer“, sagte Tom zu sich selbst und trat auf die Türschwelle. Unter ihm gähnte der Abgrund. Weit unten schimmerte die Wüste goldfarben. Tom holte tief Luft. Elenna stellte sich neben ihn. „Bereit?“, fragte er. „Spring!“

Zusammen sprangen sie in die Tiefe.

Mit ausgebreiteten Armen raste Tom nach

unten. Wind toste in seinen Ohren und in seinem Kopf drehte sich alles. Er schlug mit den Flügeln und stemmte sie gegen die Luftströmung. Trotzdem fiel er noch immer.

„Wir werden auf den Felsen zerschmettern“, dachte er panisch. „Vielleicht war das nur eine List von Pendor. Vielleicht töten sie so ihre Gefangenen …“

Elennas Schrei erfüllte die Luft, während der Boden immer näher rauschte.

Hitzschlag

Verzweifelt schlug Tom mit den Flügeln. Erst kurz über den Felsen konnte er seinen Sturz endlich abbremsen. Er segelte seitwärts. Eine warme Brise erfasste seine Flügel und hob ihn wieder hoch. Die Ledergurte schmiegten sich eng an seinen Körper. Er streckte beide Arme zur Seite aus und bewegte sie gleichmäßig auf und ab. Etwas wackelig glitt er parallel zur Felswand nach oben.

Suchend sah er sich nach Elenna um. Auch sie flog an der Felswand hoch.

Manchmal schlug sie mit den Flügeln, manchmal ließ sie sich in der warmen Luft treiben. „Wir fliegen!“, jauchzte Tom.

„Pass auf, wohin du fliegst!“, rief Elenna. Tom drehte den Kopf. Gerade noch rechtzeitig richtete er seine Flügel neu aus. Doch eine Flügelspitze stieß trotzdem gegen den Felsen und Tom geriet ins Trudeln. Panisch schlug er mit den Flügeln, bis es ihm gelang, wieder gleichmäßig zu fliegen. Er verlagerte sein Gewicht in den Ledergurten und segelte von der Felswand weg. In einem weiten Bogen flog er anschließend nach oben.

„Das ist unglaublich!“, rief Elenna, als sie an Tom vorbeiflog.

„Ich könnte das den ganzen Tag machen!“, antwortete Tom.

Die Sonne tat seinen zerkratzten Armen und schmerzenden Schultern gut. Er sah ein paar Vogelnester, dann drehte er sich von dem Felsen weg und segelte über die gewellten Sandhügel der Wüste. Elenna folgte ihm.

Mit der Zeit wurde es immer heißer und Tom fing an zu schwitzen. Als er zurücksah, lag der Felsen weit hinter ihnen und war nur noch ein kleiner Punkt am Horizont.

„Mir fallen gleich die Arme ab!", rief Elenna.

Tom nickte. Seine Arme waren auch müde und die Flügel knarzten bedrohlich. Viel länger würden sie sein Gewicht nicht mehr tragen können. Er legte die Flügel schräg und glitt langsam zu Boden. Seine Füße kamen den Dünen immer näher. Sand spritzte auf, als seine Stiefel auf dem Boden aufkamen.

Elenna landete neben ihm und sie befreiten sich gegenseitig aus den Ledergurten. „Ich fürchte, wir müssen die Flughilfen hier zurücklassen", sagte sie.

„Bei der Hitze können wir keine zusätzliche Last tragen", stimmte Tom zu. „Und wir müssen unbedingt das Biest finden."

Er nahm den Schild von der Schulter und betrachtete die Karte auf der hölzernen Oberfläche. Mit dem Finger fuhr er die golden leuchtende Linie nach. „Wir sind ganz in der Nähe des Biests."

„Wie es wohl aussieht?", überlegte Elenna und sah sich um.

Anspannung erfasste Toms Körper. Sie wussten, dass Tarrok nicht weit weg war, aber sie hatten keine Ahnung, welche Gestalt er hatte.

Sie liefen los. Aufmerksam suchten sie die Landschaft ab, während sie die Dünen hoch- und runterstapften. Der grobe Sand zog bei jedem Schritt an ihren Füßen. Die Sonne stieg höher und brannte heißer und heller auf sie herab. Ihre Schatten waren kaum noch zu sehen. Immer wieder blickte Tom zum Horizont und manchmal tanzten dabei kleine Pünktchen vor seinen Augen. Schmerz zuckte durch seinen Kopf. „Hoffentlich bin ich stark genug für das, was uns erwartet. Wenn ich nur etwas zu trinken hätte, dann ginge es mir gleich besser. Aber meine Trinkflasche ist in Tempests Satteltasche“, dachte er.

Plötzlich kam Wind auf. Er wirbelte Sand in die Luft, der sich auf Tom und Elenna legte. Die Sandkörner blieben an ihrer verschwitzten Haut kleben. Toms Mund war so trocken, dass er noch nicht mal mehr Speichel schlucken konnte. Seine Lippen waren wie zusammengekleistert und sein Hemd klebte an seinem feuchten Rücken. Alles um ihn herum schien in einem goldenen Nebel zu verschwimmen.

Und dann – eine goldene Gestalt. Auf einer Düne stand ein Mann.

Tom blieb stehen und beschirmte seine Augen.

Elenna rempelte ihn von hinten an. „Was ist?“, fragte sie.

Tom räusperte sich den Sand aus dem

Hals. „Kannst du ihn nicht sehen? Wer ist das dort?“

Elenna blinzelte in die diesige Hitze. „Ich sehe überhaupt niemanden.“

„Er trägt eine Rüstung“, murmelte Tom. „Taladon? Vater?“, presste Tom aus seiner wunden Kehle hervor.

Er ging schneller und wirbelte mit den Füßen den Sand auf, aber die goldene Gestalt bewegte sich ebenfalls. Immer war sie ihm ein Stückchen voraus. Tom rannte los, ein krächzender Schrei drang aus seinem ausgetrockneten Mund. Die Gestalt war Taladon, eindeutig – die hellen Augen unter dem Visier, der schlanke Körper und der goldene Bart. Ein Schluchzen schüttelte Tom. Mit pochendem Kopf hastete er die nächste Düne hinauf. Doch wieder war der Ritter weitergegangen. Seine Rüstung schimmerte golden auf dem Kamm der nächsten Düne.

„Das ergibt keinen Sinn“, dachte Tom. „Mein Vater ist tot. Ich werde ihn nie wiedersehen.“

Vor Kummer schnürte sich Toms Brust zusammen.

„Tom, nicht so schnell!“, rief Elenna von hinten.

Tom ließ den Ritter nicht aus den Augen. Die Sonne glitzerte auf seinem Helm. Und plötzlich löste sich die Gestalt in der flimmernden Luft auf. Tom blinzelte und presste eine Hand gegen seine pochende Stirn.

„Das war nicht mein Vater, sondern eine Lichtspiegelung. Ich muss ruhig bleiben“, dachte er. Tief atmete er die brütend heiße Luft ein. Dann drehte er sich um und wartete auf Elenna, die keuchend die Düne heraufstapfte.

Sie sah ihn besorgt an. „Alles in Ordnung?“, fragte sie.

„Es geht mir gut. Ich habe mir die Gestalt wahrscheinlich nur eingebildet. Lass uns weiter nach dem Biest suchen.“

Tom wandte sich wieder um und keuchte erschrocken auf. Hunderte Soldaten in grünen Uniformen standen vor ihnen in der Wüste. „Eine Armee!“ Tom blinzelte in die schwummerige Hitze. Er schüttelte den Kopf und sein Blick wurde wieder klar. Er grinste.

„Doch keine Armee“, rief er. „Kakteen.“

„Ich sehe sie auch“, sagte Elenna. „Sie sind echt.“

„Und ein echter Kaktus speichert auch echtes Wasser!“, verkündete Tom triumphierend.

Elenna leckte sich mit der Zungenspitze über ihre ausgetrockneten Lippen. „Worauf warten wir noch?“

Tom rannte die Düne hinunter und zog dabei sein Schwert. Er hackte in den ersten Kaktus, der ihm in den Weg kam. Mit einem saftigen Geräusch brach der Arm der stacheligen Pflanze ab. Wasser trat aus der Schnittfläche, dick wie Gelee. Tom spießte den Kaktusarm auf und hielt ihn hoch, sodass das Wasser in Elennas Mund tropfen konnte. Sie verzog das Gesicht, als die ersten Tropfen auf ihrer Zunge landeten. Als Tom an der Reihe war, schnitt er ebenfalls eine Grimasse – das Wasser schmeckte schal und war heiß.

„Besser als nichts“, sagte Elenna und wischte sich den Mund an ihrem Hemd ab.

„Es könnte uns immerhin das Leben retten“, fügte Tom hinzu. Plötzlich bewegte sich etwas hinter Elenna und er erstarrte. Da lag etwas im Sand. Der Umriss eines Körpers war zu erkennen und ein abgewinkelter Arm, der aus dem Sand ragte. Tom schüttelte den Kaktus von der Schwertspitze und hielt die Klinge bereit.

Elenna wirbelte herum und folgte seinem Blick. „Was ist das? Ist es das Biest?“, flüsterte sie.

„Ich glaube, es ist ein Mann“, sagte Tom. „Ein im Sand begrabener Mann.“

Auf der Suche nach dem Biest

Mit gezücktem Schwert ging Tom langsam auf den Mann zu. Elenna spannte einen Pfeil auf ihren Bogen. Vorsichtig beugten sie sich über den halb vergrabenen Körper. War das wieder eine Lichtspiegelung? Nein, der Mann war echt. Sandkörner hingen in seinen hellen Augenbrauen. Sand bedeckte auch seine Haare, seine Kleidung und die zerfetzten Flügel.

Der Mann blinzelte sie mühsam an und stöhnte vor Schmerz.

„Sein Flügel ist gebrochen“, meinte Elenna.

„Ich glaube, er ist nicht gefährlich“, sagte Tom und steckte sein Schwert weg. Er schob die Hand unter die Schulter des Manns und half ihm behutsam, sich aufzusetzen. Elenna schnitt mit einem Pfeil ein Stück von einem Kaktus ab, stützte den Kopf des Manns und träufelte ihm den Kaktussaft in den Mund. Er verschluckte sich und hustete.

„Danke, Fremdlinge“, krächzte er. „Ihr habt mir das Leben gerettet. Aber sagt, wo sind eure Flügel?“

„Wir kommen aus dem Königreich

Avantia“, erklärte Tom. „Wir haben keine Flügel. Ich bin Tom und das ist Elenna. Was ist passiert?“

Der Mann hustete erneut und spuckte Sand aus. „Mein Name ist Cywen. Ich suche nach meiner Schwester. Sie ist seit drei Tagen in der Wüste verschollen. Ich bin in einen Sandsturm geraten und dann hat mich … irgendetwas angegriffen.“ Cywen runzelte die Stirn. „Ich bin zu Boden gestürzt und habe mich hinter den Kakteen versteckt. Habt ihr meine Schwester gesehen?“ In seinen Augen leuchtete Hoffnung auf, aber Tom musste den Kopf schütteln.

„Tut uns leid“, sagte er. „Wir suchen nach dem, was dich angegriffen hat. Wir glauben, dass es ein bösartiges Biest ist. Wenn wir es finden, finden wir vielleicht auch deine Schwester.“

Tom erzählte ihm schnell von Kensa und ihrem Plan, die Herrschaft über das Land an sich zu reißen.

Cywen war schockiert. „Wenn wir meine Schwester finden, ist sie bestimmt tot."

„Du hast überlebt, sie also vielleicht auch", sagte Elenna, um ihn zu trösten. Tom durchsuchte währenddessen die Taschen an seinem Gürtel und holte den grünen Juwel von Skoro heraus.

„Ich habe etwas, um deine Wunden zu heilen", erklärte er. Behutsam breitete er Cywens verletzten Flügel aus und strich mit dem Juwel über die gebrochenen Knochen. Cywen kniff vor Schmerz das Gesicht zusammen, aber dann entspannte er sich wieder, denn die Magie des grünen Juwels tat ihre Wirkung. Die Knochen heilten wieder zusammen und die Federn wuchsen lang und gerade nach.

„Unglaublich!“, keuchte er. „Bist du ein Zauberer?“

„Nein“, rief Tom. „Zu Hause in Avantia war mein Vater der Herr der Biester.“

„In Velora, meinem Dorf, würde man euch herzlich willkommen heißen“, sagte Cywen.

Tom und Elenna sahen sich an. „Wir waren bereits in Velora“, erzählte Tom. „Es gab dort ein Missverständnis mit einem Mann namens Harth. Wir sind gerade noch so mit dem Leben davongekommen und jetzt werden wir als Geflohene gesucht.“

Cywen schnaubte und bewegte seine Flügel. „Harth! Der Mann hat ein Gehirn so groß wie ein Fledermauspopel. Seine Stimme ist dagegen so laut wie Donner. Er zwingt die Leute, auf ihn zu hören.“

„Das tut er allerdings“, meinte Elenna. „Wir versuchen, euer Königreich zu retten, aber niemand wollte auf uns hören.“

„Wir müssen weiter“, drängte Tom. „Willst du uns begleiten?“

Cywen stand wackelig auf und schwankte vor Schwäche. Tom und Elenna stützten ihn, bis er sein Gleichgewicht gefunden hatte. „Danke“, sagte er. „Wir suchen nach der gleichen Sache, also komme ich mit.“

In sengender Hitze gingen sie weiter. Ab und zu ruhten sie sich kurz im Schatten eines großen Kaktus aus und tranken etwas Wasser.

„Seht mal!“, rief Elenna auf einmal. Sie beugte sich über etwas, das im Sand lag, und Cywen und Tom traten näher.

„Das ist einer unserer Jagdspeere“, stellte Cywen fest und wog den Stab in der Hand. „Wir müssen nach Fußspuren suchen.“

Doch der Wind hatte den Sand glatt gefegt. Nirgends waren Spuren zu sehen, auch nicht rund um die Felsen, die ab und zu aus dem Sand aufragten. Enttäuscht stapften sie weiter.

Nach einer Weile blieb Cywen neben einem Kaktus stehen und bückte sich. „Eine Pfeife!“, rief er und hob das Instrument auf, das aus einem Knochen geschnitzt war. „Wir benutzen sie, um bei Gefahr Alarm zu geben.“

„Wenigstens wissen wir jetzt, dass deine Leute hier waren“, sagte Tom zu Cywen und suchte den Horizont ab. Nichts außer Sand, Himmel und Kakteen. „Wo ist das Biest? Ist die Karte auf meinem Schild etwa falsch?“, grübelte er.

Tom nahm den Schild vom Rücken und betrachtete erneut die goldenen Linien.

„Wo sind wir?“, fragte Elenna.

„Genau in der Mitte der Wüste“, erwiderte Tom und zeigte auf die Karte. „Hier steht der Name des Biests: Tarrok.“

„Sieht so aus, als wären wir sehr dicht an ihm dran."

„Ja", stimmte Tom zu. „Wir müssten eigentlich direkt vor ihm sein. Aber warum können wir ihn dann nirgends sehen?"

Tom blickte von seinem Schild auf und sah sich um.

Ein paar Schritte entfernt warf ein Kaktus seinen langen Schatten auf den Sand. Der Schatten erstreckte sich fast bis zu Toms Stiefeln. Überrascht betrachtete er den warzigen Kaktus. „War der eben auch schon so nah? Warum ist mir das nicht aufgefallen?", wunderte Tom sich. Die Pflanze war dunkelgrün und hatte dicke goldene Stacheln, die scharf wie Speerspitzen waren.

Plötzlich bewegte sich der Kaktus …

„Passt auf!", schrie Tom und zog sein Schwert.

Körper im Sand

Der Kaktus schoss aus dem Boden und Sand spritzte in alle Richtungen. Vor Schock waren Toms Augen weit aufgerissen. „Das ist kein normaler Wüstenkaktus!“, wurde ihm klar.

Tom richtete die Schwertspitze auf den Kaktus. Eine riesige Hand brach aus dem Sand heraus, hellgrün und mit Stacheln bedeckt. Jeder Knöchel war größer als Toms Kopf.

„Tarrok?“, fragte Elenna und zückte ihren Bogen.

„Das muss er sein! Macht euch zum Kampf bereit!“, rief Tom. Cywen duckte sich mit dem Speer hinter ihn.

Die riesige Hand streckte sich empor, gefolgt von einem langen, stacheligen Arm. Aus dem aufgewühlten Sand kroch ein mächtiger Körper. Hoch ragte er über ihnen auf. Er war mit leuchtend grünen Warzen bedeckt, die Stacheln glänzten golden.

Toms Herz hämmerte schnell gegen seine Brust. Der Oberkörper des Biests war breiter als ein Haus. Das flache Gesicht war ebenfalls mit Stacheln übersät. Haarige Nadeln rahmten die grünen Lippen ein. Zwei rote Augen rollten hin und her, bis sie schließlich an Tom hängen blieben.

„Wo ist seine Schwachstelle?“, fragte sich Tom verzweifelt.

Der aufgewirbelte Sand legte sich und Tom konnte das Biest nun genauer in

Augenschein nehmen. Die ledrige Haut auf der Brust schien dünner zu sein als am Rest des Körpers. Tom konnte sogar das pulsierende schwarze Herz sehen, das so groß war wie der Kopf eines Mannes. „Elkos Schwachstelle war sein Herz“, erinnerte sich Tom. „Vielleicht ist es bei diesem Biest auch so. Aber wie soll ich nah genug an seine Brust herankommen?“

Das Biest stürzte sich brüllend auf sie. Die Beine waren so dick wie Baumstämme, die Arme schwangen hin und her wie mächtige Keulen und Speichel tropfte von den grünen Lippen.

„Zurück! Geht zurück!“, rief Tom Elenna und Cywen zu. Er selbst blieb stehen und zielte mit der Schwertspitze auf das Herz des Biests.

Tarrok blähte seinen Brustkorb auf und die Stacheln an seinen Rippen und Armen

stellten sich wie Speerspitzen auf. Mit dem Arm hieb er nach Tom, der den Schlag mit seinem Schwert abwehrte. Doch der Zusammenstoß war so heftig, dass er zurücktaumelte. Funken stoben von seiner Klinge auf, als die Stacheln darüberratschten.

Tom biss die Zähne zusammen, als das metallische Knirschen in seine Ohren drang. Sofort griff das Biest erneut an und pflügte mit seinem stacheligen Körper durch den Sand.

„Eine falsche Bewegung und ich werde aufgespießt“, dachte Tom. „Durchbohrt von einem Stachel.“

Tarrok hielt inne und richtete sich zu seiner vollen Größe auf. Fest umklammerte Tom den Schwertgriff und wartete auf die nächste Bewegung des Biests. Tarrok atmete tief ein und öffnete dann das Maul. Glühend heiße Luft und wirbelnder Sand schossen heraus. Tom wurde noch weiter zurückgedrängt. Aus dem Augenwinkel sah er, dass seine Begleiter Mühe hatten, nicht umgeworfen zu werden.

Tom presste die Lippen zusammen und versuchte, nicht zu tief einzuatmen. Sand

drang in seine Augen. Er konnte nichts mehr sehen. Heftig blinzelnd lauschte er auf die schweren Schritte des Biests. Kam Tarrok näher? Tom hielt seinen Schild schützend vor sich und linste mit zusammengekniffenen Lidern über den Rand.

Das Biest ragte direkt vor ihm auf. Da pustete Tarrok noch fester. Eine Wand aus heißem Sand rammte Tom. Er wurde von den Füßen gerissen und in die Luft geschleudert. Arme und Beine schlackerten in alle Richtungen. Er flog zwischen den Kakteen hindurch und krachte schließlich gegen etwas Festes.

Elenna schrie auf. Da erst bemerkte Tom, dass er auf ihr und Cywen gelandet war. Ineinander verknäult lagen sie neben einem Felsen.

„Entschuldigung, habe ich dir wehgetan?“, fragte Tom keuchend, als er sich schnell wieder aufsetzte.

„Alles gut“, antwortete Elenna und stand wieder auf.

Tom suchte im Wüstensand nach seinem verloren gegangenen Schwert, als er etwas Glattes fühlte. Glatt, breit und flach. Sein

Schwert war es nicht. Tom schob den Sand von der glatten Stelle.

„Ein Gesicht!“, stieß er ganz erschrocken hervor.

„Efflyn!“, schrie Cywen und beugte sich dicht über die merkwürdige Glasschicht. Unter der durchsichtigen Oberfläche starrte ihnen das vor Angst verzerrte Gesicht eines Mädchens entgegen.

„Sie ist tot“, schluchzte Cywen. Auf Knien wühlte er im Sand. „Das Biest hat sie erwischt!“

Auch Elenna und Tom fingen an zu graben. Schnell hatten sie drei riesige Glaskugeln freigelegt, in denen die Vermissten wie eingefroren waren. Allen waren die Panik und der Horror ins Gesicht geschrieben. Und sie hatten die Flügel erhoben, als wollten sie sich mit ihnen schützen.

„Wie hat Tarrok das gemacht?“, fragte Elenna. Tröstend klopfte sie Cywen auf die Schulter, der sich schluchzend hin und her wiegte und die Hände auf das Glas über dem Gesicht seiner Schwester presste. Ihre Haare glänzten hinter dem durchsichtigen Material.

„Wir müssen das Biest aufhalten“, erklärte Tom. Er fand sein Schwert neben den Glasgräbern und hob es hoch in die Luft.

Dann wirbelte er herum. Das Biest kam auf sie zugeschlichen.

Das schwarze Herz

„Solange Blut in meinen Adern fließt, werde ich verhindern, dass du weiter Böses tust!", schrie Tom. Er stand jetzt im Schatten des Biests und es wurde dunkel um ihn herum. Tom biss die Zähne zusammen. Geschickt duckte er sich unter den zuschlagenden Armen mit den todbringenden Stacheln weg. Er schwang sein Schwert nach oben und wich den stampfenden Beinen aus. Die Hitze der Wüste legte sich drückend auf ihn. Schweißperlen rannen ihm von der Stirn in die Augen und der Schwertgriff rutschte in seiner verschwitzten Hand. Tom packte den Griff fester und ging zu einer neuen Attacke über. Dieses Mal zielte er auf Tarroks Knie. Doch dann musste er zurückweichen, als Tarrok seinen riesigen Arm auf ihn herabsausen ließ. „Er ist schneller, als er aussieht“, dachte Tom.

Tom hackte nach den Stacheln auf Tarroks Beinen und Unterarmen, ein paar davon brachen tatsächlich ab. An der Schwertklinge blitzten Funken auf. Wie Speerspitzen flogen die Stacheln durch die Luft und bohrten sich in den Sand. Einer schrammte knapp über Toms Schulter und riss sein Hemd auf. „Nur ein kleines bisschen tiefer und ich wäre zerfetzt worden“, dachte er. „Wegen der Stacheln komme ich aber nicht näher an ihn ran und kann ihn nicht verwunden.“

Wieder hieb Tom nach Tarroks Knien. Alle

seine Muskeln waren bis aufs Äußerste angespannt und er hielt den Schwertgriff mit beiden Händen. Tarrok brüllte und sandiger Speichel tropfte auf Toms Kopf. Doch er hatte keine Zeit, ihn abzuwischen.

Tarrok holte nach ihm aus und Tom sprang schnell über einen Felsen. Einer von Elennas Pfeilen sauste über seinen Kopf hinweg.

„Wenn ich das Biest nicht besiege, wird es ein Portal nach Avantia öffnen. Dann wird meine Heimat erneut großer Gefahr und Zerstörung ausgesetzt sein …“, durchfuhr es Tom.

Auf einmal rauschten Federn über ihm und Tom blickte hoch. Cywen schwebte mit dem Speer in der Hand in der Luft.

„Ziele auf sein Herz!“, rief Tom ihm zu.

Cywen holte aus und schleuderte seinen Speer. Aber Tarrok schlug ihn einfach beiseite, als wäre er nur ein dünner Zweig. Cywen sauste los, um den Speer zurückzuholen. Seine Flügelspitzen streiften dabei die Kakteen. In seinem Gesicht spiegelte sich der blanke Horror.

„Er gibt sein Bestes, um uns zu helfen“, dachte Tom. „Aber er hat keine Kampferfahrung. Henkrall ist ein friedliches Königreich.“

Tom kämpfte weiter. Wenn er die Knie traf, würde er das Biest vielleicht verletzen können. Aber er hatte keinen Erfolg. Er kam einfach nicht nah genug an das Biest heran, weil Tarrok ständig mit den Armen um sich schlug.

Elenna erging es etwas besser. Sie zielte genau und jeder Pfeil bohrte sich in Tarroks warzige Haut. Das Biest brüllte und grapschte nach den Pfeilen. Da traf ein Pfeil direkt in Tarroks Knie. Er stolperte und sein riesiger Körper schwankte.

Tom hielt die Luft an. Fiel Tarrok um? Nein, das Biest kam nur kurz ins Torkeln und kämpfte dann weiter. Es brauchte mehr als Pfeile, um Tarrok zu besiegen.

„Wie komme ich nur an sein Herz? Ich erreiche ja noch nicht einmal seine Knie“, dachte Tom keuchend. Aus zusammen-gekniffenen Augen betrachtete er den massigen Körper. Plötzlich hatte er eine Idee: „Ich könnte an den Stacheln hochklettern!“

„Elenna, gib mir mit deinen Pfeilen Deckung!“, rief er und duckte sich hinter einen Felsen. Pfeile zischten über seinen Kopf, während er sein Hemd in Streifen riss. Er wickelte sie um seine Hände und Unterarme und knotete sie gut fest. Mit dem Schwert im Gürtel schlich er sich von hinten an das Biest heran, das auf Elenna und Cywen einschlug.

Tom sprintete los, sprang an einem der baumstammdicken Beine des Biests hoch und bekam einen glatten Stachel zu fassen. Er zog sich daran hoch und kletterte los. Seine Stiefel rutschten über die Stacheln, aber mit den Händen hangelte er sich immer weiter nach oben.

Langsam erklomm er den Körper des

Biests, Stachel für Stachel und Warze für Warze. Jedes Wanken und Schwanken des Biests schüttelte Tom bis auf die Knochen durch und Schwindel erfasste ihn. Doch Tom hielt sich eisern fest und kletterte weiter.

„Das Herz", sagte er sich immer wieder. „Ich muss zum Herz."

Jetzt kam der schwierigste Teil. Tom streckte sich nach einem Stachel an Tarroks Seite. Er schwang sich unter den Arm des Biests und hoffte, nicht zerquetscht zu werden. Noch ein paar Schwünge und er wäre auf Tarroks Brust …

Da zog Tarrok seinen Arm zurück. Tom wunderte sich darüber. Was machte das Biest? Hatte es eine Waffe? Tarrok ließ seinen Arm wieder nach vorn schnellen und warf etwas, das aussah wie ein gelber Saftklumpen. Er flog durch die Luft und

traf Elenna mitten auf der Brust. Der Bogen wurde ihr aus der Hand geschleudert und sie fiel auf den Rücken. Die Flüssigkeit breitete sich sofort wie ein klebriges Netz auf ihr aus. Elenna zappelte wie eine Ameise, die in Honig gefangen war. Trotz ihrer Gegenwehr floss der gelbe Saft weiter kreuz und quer über sie.

„Sie wird eingeschlossen – wie die Vermissten aus Velora. Ich muss etwas tun. Jetzt!“, dachte Tom.

Wenn das Biest gleich seinen Arm wieder senkte, würde er zerquetscht und erstickt werden. Schnell griff Tom nach einem Stachel auf Tarroks Brustkorb. Er drückte sich mit beiden Füßen ab und schwang sich unter Tarroks Arm hindurch nach vorn auf seinen Oberkörper. Unter der ledrigen Haut pulsierte das schwarze Herz. Mit einer Hand hielt Tom sich fest, mit der anderen zog er sein Schwert. Er richtete die Spitze auf das Herz und verstärkte seinen Griff.

Da richteten sich Tarroks Augen auf Tom. Laut brüllend vor Wut packte Tarrok ihn mit seiner mächtigen Faust. Stacheln piksten in Toms Haut. Das Biest schleuderte ihn von sich und er landete hart im Sand. Alle Luft wurde aus seiner Lunge gepresst und vor seinen Augen tanzten schwarze Pünktchen. Benommen vor Schwindel versuchte er zu erkennen, was mit Elenna passierte.

Sie lag immer noch auf dem Rücken und kämpfte gegen das klebrige Netz. Tarrok beugte sich über sie. Er hob den Arm, um sie zu zerschmettern, und Elenna schrie gellend auf.

Letzte Chance

Cywen sauste unter der erhobenen Faust des Biests hindurch.

„Halt dich fest!“, rief er Elenna zu und streckte ihr die Hand hin.

Elenna reckte den Arm hoch, Cywen packte sie und riss sie in die Luft. Die Faust des Biests donnerte in den Sand, dorthin, wo Elenna eben noch gelegen hatte. Tarrok knurrte vor Wut.

Cywen schlug kräftig mit den Flügeln. Es war nicht einfach, mit Elennas zusätzlichem Gewicht zu fliegen.

„Du schaffst das!“, rief Tom ihm ermutigend zu.

Elennas Beine baumelten dicht über einem Kaktus. Gerade noch rechtzeitig zog sie die Beine hoch. Tarroks klebrige Saftfäden lösten sich von ihrem Körper, als Cywen sie noch weiter nach oben zog.

Tom richtete seine Aufmerksamkeit wieder auf das Biest. Tarrok stampfte mit den

Beinen auf und saugte eine große Menge Sand und heiße Luft ein. Dann richtete er seinen Blick auf Elenna und Cywen.

„Bringt euch in Sicherheit!“, schrie Tom, dem klar wurde, dass gleich ein weiterer Sandsturm sie erfassen würde. Cywen suchte Schutz hinter einem Kaktus, aber er war zu langsam. Sand und Luft rammten ihn und Elenna mit voller Wucht. Toms Freunde wirbelten schreiend durch die Luft. Cywens Speer wurde fortgeschleudert, dann erstickte der Sturm ihre Stimmen. Das Biest brüllte wieder und seine Schritte brachten den Boden zum Beben.

„Ich kann jetzt nicht nach Elenna und Cywen suchen“, dachte Tom. „Das ist vielleicht meine letzte Chance, Tarrok zu besiegen.“

Mit gesenktem Kopf rannte Tom gegen den Wind auf das Biest zu. Er spannte seine Schultern an, hielt das Schwert mit beiden Händen und holte mit aller Kraft weit aus. Die Schwertklinge zischte durch die Luft und versank in Tarroks Knöchel. Vor Schmerz jaulte das Biest auf und schwankte wie ein Baum im Sturm. Blut floss aus der Wunde und bildete eine Pfütze rund um die plumpen Füße des Biests. Tom sprang zur Seite. Tarrok folgte ihm und blies ihm seinen heißen Atem entgegen. Abwehrend hob Tom seinen Schild.

Tarroks Fuß krachte donnernd dagegen. Der Tritt riss Tom von den Beinen und schleuderte ihn nach hinten. Seine Hände brannten, als ihm mit einem Ruck der Schild entrissen wurde und über seinen Kopf hinwegwirbelte. Hart krachte Tom auf den festen Sand. Vor seinen vernebelten Augen wurde es dunkler, als sich das Biest über ihn beugte.

„Ich muss aufstehen!“, befahl er sich selbst. Aber ihm war zu schwindelig. Stattdessen nahm er sein Schwert und hielt es mit zitternden Händen hoch. Er wusste, dass das nicht reichte. Für Tarrok sah das Schwert wahrscheinlich kaum gefährlicher aus als ein Kaktusstachel.

Tarrok hob seinen stachelbewehrten Fuß. „Er will mich in den Boden stampfen!“ Tom packte sein Schwert fester und starrte in die schmalen Augenschlitze des fürchterlichen Biests.

Flug in die Nacht

Ein Speer zischte durch die Luft. Die glänzende Spitze sank tief in den Knöchel des Biests. Tom blickte zu Cywen auf, dessen Flügel die heiße Luft aufwirbelten. Cywens Hemd war zerrissen, mit Sand verklebt und dunkel vom Schweiß. Ein entschlossener Ausdruck lag auf seinem Gesicht.

„Er ist mutiger, als ich dachte, und getroffen hat er zielgenau", stellte Tom fest.

Das Biest wankte, genau wie sein Schatten, in dem Tom kauerte. Da bohrte sich ein Pfeil in Tarroks anderen Fuß. Laut brüllte das Biest auf. Sein Körper beugte sich vornüber. Zuerst sah es so aus, als würde er in Zeitlupe umkippen, aber dann geschah alles ganz schnell.

„Ich werde zermalmt!“, dachte Tom voller Entsetzen.

Tom rollte sich blitzschnell über den Sand. Dann erhob er sich auf ein Knie und riss sein Schwert hoch. Mit der Spitze zielte er auf Tarroks Herz. Krachend stürzte Tarrok zu Boden, das Schwert durchbohrte

ihn. Sand spritzte um Tom herum auf und ein großer Stachel schrammte haarscharf an seinem Gesicht vorbei, bevor er in der Düne versank. Als das Biest seitlich wegkippte, warf das Gewicht von Tarroks Arm Tom erneut auf den Rücken.

Still lag er da und lauschte dem rasselnden Atem des Biests. Nach einem letzten Ringen nach Luft herrschte Ruhe.

Tarroks Körper schrumpelte zusammen wie Papier, das über eine Flamme gehalten wird. Die klebrige gelbe Flüssigkeit löste sich in Dampf auf. Zerbrochene Stacheln und grüne Ascheflocken krümelten in den Sand. Der mächtige Gegner schrumpfte zu einem kleinen Häufchen zusammen – unfassbar! Tom seufzte erleichtert.

„Tom, du hast es geschafft! Du hast das Biest besiegt!“ Elenna kam von der Stelle auf ihn zugerannt, von der aus sie ihre

Pfeile abgeschossen hatte, und half ihm, sich aufzusetzen. Cywen landete in der Nähe, hob Toms Schild auf und zog Tom auf die Beine. Etwas, das halb im Sand vergraben war, stieß gegen Toms Zeh.

Tom hob den Gegenstand auf und pustete den Sand weg. „Es ist Nanooks Glocke", freute er sich. „Kensa hat Nanooks Blut benutzt, um Tarrok Stärke zu verleihen." Er steckte die Glocke zurück in seinen Schild.

„Zwei Gegenstände haben wir schon, fehlen noch vier, um die gekämpft werden muss", murmelte Elenna.

Cywen schüttelte den Kopf. „Ich verstehe das mit den Biestern nicht –"

„Hilfe!", ertönte da eine Frauenstimme.

„Efflyn?", keuchte Cywen.

Tom und die anderen beiden rannten zu den gläsernen Kugeln. Die harte Hülle war weich geworden und der Kopf einer jungen

Frau reckte sich aus der klebrigen Masse. Mit den Händen versuchte sie, sich von den gelben Saftfäden zu befreien. Neben ihr kämpften sich zwei junge Männer frei, die vollkommen gleich aussahen.

„Efflyn!“, rief Cywen voller Freude. Er warf sich auf die Knie und half seiner Schwester. Tom und Elenna beugten sich währenddessen über die Zwillinge und zerrten an den klebrigen Fäden, bis sie die beiden aus ihrem Gefängnis befreit hatten.

„Wir dachten, wir würden sterben“, sagte der eine Zwilling.

„Wer seid ihr?“, wollte der andere wissen. „Wo sind eure Flügel?“

Tom hob lachend die Hände hoch. „Ihr seid am Leben und in eurem Königreich. Das ist alles, was ihr wissen müsst.“

Er drehte sich zu Elenna um. „Was machen wir jetzt?“, fragte er. „Wie sollen wir unsere Mission zu Ende bringen, wenn über uns das Todesurteil von Velora schwebt?"

„Kommt mit uns zurück nach Velora. Wir werden dafür sorgen, dass eure Unschuld anerkannt wird", sagte Cywen. Seine Schwester nickte zustimmend.

„Aber wird die Ratsversammlung auf euch hören? Oder doch auf Harth?", fragte Tom.

„Pendor wird sich vielleicht auch für uns einsetzen", meinte Elenna.

„Wie wollt ihr überhaupt ins Dorf kommen?", fragte einer der Zwillinge und berührte Toms flügellose Schulter.

„Normalerweise fliegen wir auf unseren Tieren", sagte Tom.

„Wir werden euch tragen, als Dankeschön für unsere Rettung", entschied der andere Zwilling. Er bückte sich und bedeutete Tom, auf seinen Rücken zu steigen. Dann breitete er die Flügel aus und erhob sich in die Luft. Elenna wurde von dem anderen Zwilling Huckepack genommen, während Cywen und Efflyn vorausflogen.

Schon bald sah Tom die Felsterrasse von Velora. Im Licht des Sonnenuntergangs schimmerte der Stein rötlich.

„Harth hat eine laute Stimme und ist grob“, dachte Tom besorgt. „Ich hoffe, dass Cywen recht behält und der Ältestenrat uns für unschuldig erklärt. Wenn nicht, fliegen wir gerade direkt zur Vollstreckung unseres Todesurteils.“

Sie landeten mitten auf dem Dorfplatz. Alarmrufe ertönten. Sofort kam Harth mit einigen Soldaten angerannt.

„Nehmt die flügellosen Fremdlinge fest!“, brüllte er.

Cywen, Efflyn und die Zwillinge stellten sich schützend vor Tom und Elenna. Die anderen Dorfbewohner kamen hinzu und beobachteten die Auseinandersetzung. Tom sah einige Älteste in dunkelblauen Umhängen, die vor die Menge traten. Pendor war bei ihnen.

„Diese Fremdlinge haben uns alle vor dem Tod gerettet“, erklärte Efflyn. Stille breitete sich aus, als ihre Stimme über den Platz hallte. „Die Flügellosen haben Henkrall von einem schrecklichen Biest befreit, das alles zerstört hätte!“

„Nicht das Biest bedroht uns!“, schrie ein Mann. „Sondern diese Fremden!“

Tom drehte sich zu dem Mann um. Die gehässige Stimme hatte er sofort erkannt.

Igor trat vor. Sein Umhang hing schief über seinem Buckel. Mit seinem verbliebenen Auge blickte er wild um sich.

„Veloraner“, sagte Tom. „Wenn wir eure Feinde wären, warum hätten wir dann zu euch zurückkehren sollen? Wir sind Freunde und keine Gegner."

„Wir werden darüber abstimmen", sagte Pendor. „Alle, die glauben, dass die Fremdlinge unschuldig sind, sollen es sagen."

Ein lauter Jubel ließ die Wände der Häuser und Geschäfte wackeln. Ein Meer aus Armen reckte sich in die Höhe.

„Gibt es noch welche unter euch, die glauben, die Fremden sind unsere Feinde?", fragte Pendor.

Nur Harth verschränkte die Arme vor der Brust und grunzte missmutig.

Pendor beachtete ihn nicht und lächelte Tom und Elenna an. „Velora hat für euch gestimmt. Mein Diener wird eure Tiere holen."

Tom zog sein Schwert und richtete es auf Igor, der sich wütend am Rand der Menge herumdrückte. Sein Wildschwein, das er an einer schmutzigen Schnur festhielt, die an einem Ring in seiner Nase befestigt war, quiekte laut.

„Du und deine böse Herrin werdet niemals gewinnen!“, sagte Tom. „Richte ihr aus, dass ihre Biester versagen werden!“

„Im Gegenteil“, erklang da eine seidige Stimme. Direkt vor Toms Schwert schwebte ein Lichtbild in der Luft.

Kensa!

Tom starrte die Hexe in ihrem schwarzen

Umhang an. Ihr langes rotes Haar knisterte, als sie den Kopf bewegte.

„Meine Biester werden triumphieren. Ihr werdet verlieren!“, rief sie. „Ihr wisst nicht, mit wem ihr euch angelegt habt.“

„Das kann sein, aber ich weiß, wie man gegen Biester kämpft“, entgegnete Tom.

Die Gestalt der Hexe verschwand. Tom schüttelte den Kopf und sah zu der Stelle, wo eben noch Igor gewesen war. Doch der Bucklige war weg. Kensas Lichtbild war nur ein Ablenkungsmanöver gewesen, damit ihr Gehilfe entwischen konnte! Tom sah sich suchend um und entdeckte Igor, der bereits Richtung Sonnenuntergang davonflog. Das entfernte Quieken seines Wildschweins hallte leise über die Hausdächer.

Da stupste etwas gegen Toms Schulter. Als er sich umdrehte, standen Tempest und Spark hinter ihm.

„Unsere Tiere!“, freute Elenna sich und kraulte Spark, der wild mit dem Schwanz wedelte. Mit dem grünen Juwel heilte Tom Tempests verwundeten Flügel. Das Pferd schnaubte zufrieden und stupste erneut gegen Toms Schulter.

„Ihr seid uns als Ehrengäste willkommen und könnt euch gern bei uns in Velora ausruhen“, bot Pendor an.

Da vibrierte der Schild auf Toms Rücken. Er nahm ihn nach vorn und Elenna und die Tiere kamen näher.

Eine goldene Linie bildete sich auf der hölzernen Oberfläche. „Ein neuer Pfad“, flüsterte Elenna.

„Ein neues Biest“, erwiderte Tom. Er straffte die Schultern und wandte sich an Pendor. „Vielen Dank für das Angebot, aber wir können es leider nicht annehmen. Wir müssen unsere Reise fortsetzen.“

Er sprang auf Tempests Rücken. Elenna stieg auf den Wolf und Spark jaulte vor Aufregung. Die Menge klatschte, als die beiden Tiere sich mit weit ausgebreiteten Flügeln in die Luft erhoben.

„Danke für eure Unterstützung, ihr guten Leute!“, rief Tom den jubelnden Veloranern unter ihm zu.

Dann flogen Tom und Elenna über den Rand der Felsterrasse hinaus in die dunkle Wüste, gerade als die ersten Sterne am Himmel funkelten.

„Wenigstens ist es jetzt kühler und unsere Tiere sind gut ausgeruht“, dachte Tom. „Ob Igor vorausfliegt, um das Biest aufzuhetzen? Und gegen welche Bösartigkeit Kensas werden wir wohl als Nächstes kämpfen müssen?“

Tom und Elenna konnten sich gegen die Bestie Tarrok behaupten und haben Nanooks Glocke gefunden! Doch so schnell geben Kensa und Igor ihre bösen Pläne nicht auf. Schafft Tom es, das Königreich Henkrall zu retten und die anderen magischen Gegenstände zurückzugewinnen? Das nächste Biest erwartet ihn bereits …

Leseprobe

Grauen im Nebel

„Los, weiter, ihr faulen Viecher!“ Die Stimme des Alten Peter hallte durch den Himmel von Henkrall. Auf seinem fliegenden Esel ritt er inmitten einer Herde geflügelter Rinder, die sich nur langsam fortbewegte.

Er drängte seinen Esel näher zu einer besonders langsamen Kuh und gab ihr mit seinem Stock einen Klaps auf den Rücken. Die Kuh muhte und schlug schneller mit ihren Flügeln. Auch die Kühe um sie herum beschleunigten ihren Flügelschlag und schwärmten blökend durch die Luft.

Sie warfen Schatten auf den Boden tief unter ihnen.

„So ist es besser“, sagte der Alte Peter. „Wir müssen heute Mittag auf dem Großen Markt des Nordens sein.“ Frohgemut sah er dem Markttag entgegen. Er würde guten Handel treiben können und abends würde es Fleisch am Spieß geben. Es würde gelacht und getanzt werden – und selbst der Alte Peter würde am Ende des Tages zufrieden ins Bett fallen.

Er gab der nächsten Kuh einen leichten Klaps auf den Rücken. Es waren prächtige Tiere, die er erst vor Kurzem einem Fremden für weniger abgekauft hatte, als sie eigentlich wert waren.

„Ich werde heute ein schönes Sümmchen verdienen“, sagte er zu sich selbst und stellte sich das angenehme Gewicht der Goldstücke in seinen Taschen vor.

Doch seine gute Laune schwand, als er den dichten Nebel über dem Land entdeckte, über das die Herde gerade hinwegflog.

„Das ist ja seltsam“, dachte er stirnrunzelnd. „In dieser Gegend sind normalerweise nur die Berggipfel von Nebel eingehüllt.“

Er drängte seinen Esel wieder zwischen die Rinderherde. Je schneller sie sich von dem Nebel entfernten, desto besser.

Die Rinder flogen weiter, ihre großen Flügel peitschten durch die Luft, ihr Atem ging stoßweise und immer wieder rempelten sie sich gegenseitig an.

Besorgt kniff der Alte Peter die Augen zusammen – Nebelfäden stiegen bis zur Herde hinauf und wickelten sich um Hals und Flügel der Tiere. Einige Rinder fingen voller Panik an zu blöken.

Der Kuhhirte blickte nach unten und bemerkte, dass der Nebel bis zu seiner Brust emporgekrochen war. Sein Esel keuchte ängstlich und verlor immer mehr an Höhe.

Kalt drang der Nebel in Peters Lunge und drohte ihn zu ersticken. Er hustete, hörte die Angstschreie der Kühe und sah ihre panisch rollenden Augen.

„Was ist das nur für ein Nebel?“ Noch nie hatte er so etwas erlebt.

Die Brust des Alten Peter zog sich zusammen, als würden seine Rippen von Stahlbändern umwickelt. Er schluckte noch mehr Nebel bei dem Versuch, wieder zu Atem zu kommen. Sein Esel buckelte und warf den Kopf zurück und Peter hatte Mühe, sich im Sattel zu halten.

Der Nebel stieg immer höher und bedeckte den Himmel. Wie klamme Finger kroch er über Peters Haut und füllte seine Lunge.

Plötzlich schrie der alte Mann voller Angst auf. Etwas Riesiges begann sich vor der Herde zu formen, dort, wo der Nebel am dichtesten war.

„Nein!“ Die Stimme des Alten Peter war nur noch ein Krächzen, halb erstickt vom Nebel. „Das kann nicht sein!“

Das Monster hatte einen gewaltigen Kiefer. Die Lippen waren zurückgezogen und scharfe Zähne blitzten auf. Aus dem geöffneten Maul waberte noch mehr Nebel.

Der Alte Peter beobachtete, wie sich das Maul weiter und weiter öffnete, bis das Monster schließlich ein entsetzliches Heulen ausstieß, das ihm das Blut in den Adern gefrieren ließ …

Begleite Tom und Elenna auf ihren weiteren Missionen.

ISBN 978-3-7432-0472-0

ISBN 978-3-7432-0889-6

Toms episches Abenteuer – jetzt in Farbe!

ISBN 978-3-7432-0770-7

ISBN 978-3-7432-0771-4

ISBN 978-3-7432-0800-1

ADAM BLADE
Beast Quest
LEGEND
Vipero
Fürst der Schlangen
Loewe

ISBN 978-3-7432-0801-8

Meeresklippen
Grosse Ebene
Wüste
Velora
Kensas Burg